Le Passé et le Présent.

Ode

Dédiée à Mademoiselle E.......

Par M. Bouchon Beaugrand.

Prix : 2 fr. 50 c.

PARIS.

1824.

38857

LE PASSÉ ET LE PRÉSENT.

Ode

Dédiée à Mademoiselle E......,

Par M. Bouichon-Beaugrand.

> L'homme est comme un faible rameau
> Qui, par les jeux du vague Éole,
> Quitte sa tige, tombe, vole
> Sur la surface d'un ruisseau.....
> GRESSET.

PARIS,

CHEZ Mme GOULET, LIBRAIRE, AU PALAIS-ROYAL,
Galerie de Bois, N° 259;
CHEZ Mme SÉDILLE, LIBRAIRE,
Boulevart du Temple, N° 14;
ET A NANTES, CHEZ M. FOREST, LIBRAIRE.

1824.

DEUX MOTS ESSENTIELS.

Cette Ode que je publie, par événement et un peu à la hâte, a été faite très-rapidement; on concevra que je n'ai pu y donner tout le soin qu'exigent ordinairement ces sortes de productions lyriques. J'ai été obligé de précipiter l'élan de mon Pégase pour joindre le Temps : une époque fixée pour la publication d'un autre ouvrage était expirée de longue date (*); ainsi ma muse n'a pas eu tout le temps nécessaire pour faire ses préparatifs; je prie le public d'excuser, en cela, un petit malheur qui se rattache à de grandes circonstances.

Les personnes envers lesquelles je m'étais engagé à publier une tragédie qui n'a pu être jouée à l'Odéon, voudront bien m'excuser aussi de ne leur donner que LE PASSÉ ET LE PRÉSENT, alors que je leur avais promis mes ESCLAVES D'IONIE. Des événemens de force majeure se sont opposés à ce que je tinsse cet engagement; mais enfin il y a compensation, et l'on ne pourra pas dire que j'ai fait une banqueroute frauduleuse.

(*) Voyez le Constitutionnel du 28 juillet 1824.

A Mademoiselle E......

Pour t'offrir quelqu'encens, à l'ombre du secret,
    Et pour te rendre un juste hommage,
    Je t'ai dédié cet ouvrage
Sans oublier qu'il faut toujours être discret.
    Tu mérites que l'on t'encence,
    C'est un devoir de te louer;
    J'oserais presque t'avouer
    Que t'aimer fait ma jouissance....
    Hélas! que ne puis-je espérer
    Un peu d'amour pour récompense;
    Du moins, quand j'ose t'adorer,
    Tout charmerait mon existence;
    Mais lorsqu'à l'amabilité
    Du plus gracieux caractère,
    On joint, comme toi, la beauté
    Et tout ce qui sait le mieux plaire,
Jusques au pied de tes brillans autels
Où les Dieux seuls ont le droit de sourire,
Appartient-il au dernier des mortels
D'aller porter ses vœux et son délire?
Non, l'Amour le défend.... Je le sens dans mon cœur;
    Il n'est pour moi qu'un espoir légitime:
    C'est d'obtenir un sentiment d'estime,
De celle en qui ce Dieu voit sa plus belle sœur.

    Avant de quitter ce rivage (*)
Où je laisse et mon cœur et de cruels regrets,
    Je devais un galant hommage,
A celle que le Ciel doua de tant d'attraits.

    O toi! qui deux fois m'est si chère,
    Par la gratitude et l'amour!

(*) Le séjour où habite mademoiselle E......

Que je serais heureux si je pouvais te plaire
En te nommant ici.... mais l'ombre du mystère
Convient mieux, en ce cas, que l'éclat du grand jour;
Et ma discrétion est jalouse de taire
Ton nom que je chéris, ton nom que je révère,
Pour te mieux dire mon amour.

LE PASSÉ ET LE PRÉSENT.

Ode.

Douces Naïades de la Seine,
Nymphes que protégent les Dieux,
Sur l'onde, où Triton vous promène,
Cessez vos chants mélodieux ;
Faites silence, sur sa lyre,
Un preux attristé va redire
Et ses beaux jours et sa douleur ;
Si ses accens ont quelque charme,
Daignez lui donner une larme,
Payez ce tribut au malheur.

Faible, de ma faible science,
Ayant un cœur exempt de fiel,
Bien jeune, et sans expérience,
Je me fixai sous votre ciel.
Étranger à tout artifice,
L'âme peu faite pour le vice,
Moi senl, je sus me protéger ;
Trop heureux, sur votre rivage,
D'avoir, d'un facile naufrage,
Évité l'horrible danger.

Ma sagesse laborieuse,
Du bien présentait le tableau;
Une ambition studieuse
Gouvernait mon jeune cerveau;
Sortant des mains de la nature,
L'attrait de la littérature
M'inspirait des accès fréquens;
Lorsque bientôt le bruit des armes,
De ce bien, m'enlevant les charmes,
Me fit voler au sein des camps. (1)

Trois lustres avec deux années
Étaient mon âge et mon espoir.
Quelles brillantes destinées
Mon avenir me faisait voir!
Par une aimable protectrice, (2)
Dont la bonté me fut propice,
J'obtins l'appui d'un protecteur;
Ainsi favorisé des Grâces,
Je marchai long-temps sur les traces
De la fortune et du bonheur.

Je laissai Phœbus et ma lyre
Pour suivre le char du dieu Mars;
Mais le poëtique délire
Me suivait sous ses étendards;
Et dans la terrible carrière,
Le Dieu puissant de la lumière,
Livrant mon âme à l'avenir,
Semblait me préparer d'avance,
A chanter des faits dont la France
Garde à jamais le souvenir.

Ayant mes vertus pour compagnes,
Et pour Mentor ma loyauté,
Je fis ces brillantes Campagnes,
Qu'admire la Postérité.
Grâce à mon heureux caractère,
J'étais aimé, je savais plaire;
Partout je me voyais admis;
J'étais léger, j'étais volage,
Je prospérais.... c'est être sage.....
Je comptais de nombreux amis.

Mon âme était toute à la gloire,
J'étais heureux d'être Français:
J'étais le témoin de l'histoire
Que j'ai chantée avec succès. (3)
Si, dans les hazards de la guerre,
Mon cœur généreux a pu faire
Une action digne d'honneur;
Alors qu'elle honore ma vie,
Je peux, sans redouter l'envie,
La redire au gré de mon cœur :

Nos guerriers venaient de se battre
Avec Brunswick et ses housards;
On les poursuivait sans combattre,
Ils s'enfuyaient de toutes parts.
Moi, je dirigeais avec peine
Des braves tombés sur l'arêne,
Loin de nos frères expirans;
Tandis que, de la mort, en nombres,
Les noirs soldats, tels que des ombres,(4)
Tournaient autour de nos mourans.

Non loin d'un riant paysage,
Qu'arrose les flots du Weser ;
D'un bois voisin de ce rivage
Qui, d'ennemis semblait désert,
Soudain, nous voyons apparaître
Un groupe, on court le reconnaître ;
C'étaient des housards de la Mort ;
Notre convoi saisi d'alarmes,
Allait subir le sort des armes
Quand je décidai de son sort. (5)

Sur le chemin, où la victoire
Nous dispensa tant de lauriers,
J'ai suivi le char de la gloire,
J'ai vu triompher nos guerriers.
Après des conquêtes nombreuses,
Qui toutes furent glorieuses,
Mars, abandonna les Français..
Entraîné par leur destinée,
Je perdis dans une journée,
Le doux fruit de mes longs succès.

La chance fatale et commune
A tant de soldats pleins d'honneur,
Atteignit aussi ma fortune,
Et je tombai dans le malheur ;
N'ayant alors plus de carrière (6)
Devers le Dieu de la lumière,
J'osai reporter mes regards ;
Et, dans le plus noble délire,
J'aimais à retouver ma lire,
En quittant le glaive de Mars.

Le fougueux élan de mon âme,
Lorsque je repris mes accens,
Dut se ressentir de la flamme
Qui venait de brûler mes sens.
Pénétré des exploits sublimes
Dont tant de héros magnanimes
Avaient embelli notre airain ; (7)
Je fus reporté, par la gloire,
Sur cette arêne où la victoire
Les a couronnés de sa main.

J'ai chanté les fils de Bellone,
Et leurs exploits et leurs revers, (8)
Des brillans lauriers de Cambronne
J'ai, le premier, paré mes vers. (9)
L'hommage que j'ai su leur rendre
Au passé ne pouvait apprendre
Rien que n'apprenne l'avenir ;
Cependant la funeste envie,
Par tous les malheurs de la vie,
Eut le secret de m'en punir.

Chaque jour une voix colère, (10)
La voix cruelle du malheur,
Par la bouche de la chimère
M'adresse des mots plein d'horreur :
« Tremble, tremble lâche, dit-elle,
» Alors que ta Muse rébelle
» Prétend élever ses accens ;
« Tremble !... » Et soudain la voix expire,
Avec ce funeste délire
Dont elle empoisonne mes sens....

Vous qui chantez votre patrie
Et vous qui savez la chérir,
Redoutez l'affreuse furie
Dont les traits m'ont tant fait souffrir.
Frémissez, car ses injustices
Ouvriront mille précipices
Sous les pas de votre raison.
Pour braver ce monstre intrépide,
Il faut joindre, aux forces d'Alcide,
Les nobles vertus de Caton.

Hélas ! ce n'est pas tout encore
Que d'éviter ses traits jaloux,
L'homme studieux qu'il dévore
Doit redouter ses autres coups.
Ce monstre que tout me révèle,
Ce monstre affreux mâle et femelle,
Né de la fange et du mépris ;
C'est le crime inné dans l'envie,
Avide des biens d'un génie
Qu'il veut dépouiller à tout prix.

Il faudrait lui céder sa gloire
Ou se soumettre à ses fureurs,
Ah ! s'il emportait la victoire
Vous verriez bien d'autres horreurs !
Bientôt ses lâches satellites
Vous feraient éprouver les suites
Des desseins les plus criminels ;
Et, sous l'aspect d'un Dieu peut-être,
Il viendrait vous dire, le traître :
Tombez à mes pieds vils mortels.

Je n'ai plus qu'un bien, c'est ma lyre ;
Je la conserve, elle est à moi.
Que je vive ou bien que j'expire,
Je meurs ou vis de bonne foi.
Enfin voilà comme je pense :
Mon arbre, à moi, c'est la science,
La seule science du bien.
Le mal, je le hais, le déteste,
Et si je lui deviens funeste,
Ma vertu n'envîra plus rien.

Naïades à qui ma tristesse
S'est fait entendre dans ces vers,
Reprenez vos chants d'allégresse ;
Mais par fois pleurez mes revers.
Plaignez le mortel dont la lyre
Vient, en gémissant, de redire
Combien ses destins sont cruels,
Et convenez, Nymphes légères,
Que les cœurs généreux, sincères,
Sur vos bords trouvent peu d'autels.

NOTES.

(1) Me fit voler au sein des camps.

Il y avait peu de tems que j'étais dans la capitale, quand on me proposa une destination fovorable à l'armée des côtes en 1803.

(2) Par une aimable protectrice.

La personne qui me protegea connaissait ma mère et savait que des malheurs avaient frappé ma famille; ce fut dans la généreuse intention de les réparer, en partie, qu'elle chercha l'occasion de me faire du bien.

(3) Que j'ai chantée avec succès.

J'ai publié en 1823, un recueil lyrique, intitulé *Patrie et Gaîté*; on y trouve un chant guerrier ayant pour titre : *l'Histoire des Français* ; ce morceau a trouvé en province et dans la capitale, de nombreux approbateurs.

(4) Les noirs soldats tels que des ombres.

Les housards du duc de Brunswick-Oëls étaient habillés de noir, et portaient au schakos une plaque blanche sur laquelle était l'effigie d'une tête de mort. Leur aspect funèbre a pu permettre de les comparer à des ombres.

(5) Quand je décidai de son sort.

Le convoi dont il est question, se composait de douze à quinze chariots, sur lesquels étaient des bagages et une quarantaine de militaires blessés; l'apparition du détachement ennemi qui était d'environ trente housards bien montés, bien équipés et bien armés, fut, on le supposera facilement, une circonstance alarmante pour des hommes mutilés et hors d'état de se défendre. Nous allions entrer dans un bois voisin de Neustadt, sur le Weser, d'où débouchaient les soldats de Brunswick; le milieu et la fin de notre convoi étaient encore enfoncés dans un chemin creux, ensorte que l'ennemi ne pouvait compter ni le nombre des chariots, ni celui des hommes, et ne pouvait juger si ces derniers étaient tous blessés.

Je marchais depuis un instant dans une prairie voisine
de ce chemin creux, avec deux employés supérieurs
qui étaient sans armes dans ce moment; moi j'étais armé
d'un fusil à deux coups que j'avais en faisant la guerre,
comme beaucoup d'autres officiers français. En apper-
cevant les housards noirs, je vole à la tête du convoi
que menaçait déjà le chef du détachement; je lui crie
en allemand: *retourne sur tes pas*, et je le mets en joue.
Cette action spontanée, animée par une expression de
colère bien naturelle, en imposa au chef et à son détachement, je m'en apperçus et sus en profiter pour lui
montrer, du geste, le convoi auquel je semblais dire de
se mettre en état de défense: cela me réussit complète-
ment, et les housards de Brunswik renoncèrent à une
attaque dont le succès leur parut douteux alors qu'il
était certain: je ne comptais pas six hommes en état de
se battre. Ainsi, j'eus le bonheur, par une présence d'es-
prit courageuse, de préserver, d'une mort à peu près
sure, quarante blessés, parmi lesquels étaient dés officiers mutilés aussi par le feu de l'ennemi, et qui à ce
titre devaient être tous doublement chers à l'humanité.
Les deux employés français attachés à notre division,
étaient MM. Donval et Tautin, le premier inspecteur des
vivres et le second waguemestre. Les officiers et les
soldats blessés étaient je crois tous westphaliens.

Je profite de cette occasion pour raconter une autre
circonstance non moins intéressante: le même jour nous
arrivâmes à Oya, entre Neustadt et Hanovre, avec notre
convoi augmenté de quelques hommes non blessés qui
nous avaient rejoints en route. Nous fîmes comme une
apparition dans ce village, où devait rafraîchir notre
monde: moi, les employés et la plupart des hommes ca-
pables de mettre pied à terre, nous entrâmes pour dîner
dans une grande auberge où s'étaient réfugiés, lors de
notre arrivée, plusieurs officiers ennemis avec leurs
femmes et leurs enfans. J'en fus informé et il m'appar-
tenait de les arrêter pour les conduire à notre division
que je rejoignais; mais l'aspect de deux familles fugitives
et malheureuses me fit prendre sous ma responsabilité

une action que tout le monde approuva et je leur laissai la liberté. (*Camp: de Wagram* , 10° *corps* , 1re *Div.*)

(6) N'ayant alors plus de carrière.

Lorsque je fus de retonr en France et vers la fin de 1814, je fis valoir mes droits au ministère de la guerre , afin d'obtenir ou une demi-solde, ou un traitement quelconque , dans le plus haut grade que j'avais occupé, celui de commissaire des guerres qui était assimilé, en Westphalie, au rang de lieutenant-colonel. Avec celà , j'avais l'avantage d'avoir été au service de France en qualité d'Adjoint. D'autres qui n'avaient occupé ce dernier grade qu'en Westphalie, l'espace de six mois ou un an, au plus, étaient reçus à la demi-solde et je croyais fermement qu'avec des titres au-dessus des leurs, j'obtiendrais facilement l'avantage qu'on leur avait accordé. Je formai donc une demande ; je la fis même recommander au chef de division chargé du personnel des commissaires des guerres ; mais il n'y fut point fait droit, malgré mes instances , et j'ai été entièrement oublié.

(7) Avaient embelli notre airain.

J'entends dire, par cette expression , la fameuse colonne qui retrace notre histoire militaire.

(8) Et leurs exploits et leurs revers.

J'ai composé une œuvre lyrique qui a pour titre : *Ode sur le caractère, les exploits et les revers du peuple français.*

(9) Des brillans lauriers de Cambronne
J'ai le premier paré mes vers.

Mon recueil lyrique de 1823 , renferme une ode adressée à Cambronne, dont je suis le compatriote.

(10) Chaque jour une voix colère, etc.

J'ai cherché à exprimer, dans cette strophe l'idée du malheur auquel le poëte national semblerait être, en quelque sorte , prédestiné par sa profession sublime.

Les 15.e, 16.e et 17.e strophes sont des fictions poëtiques , sauf quelques considérations particulières que le lecteur pourra comprendre.

PARIS. — Imprimerie de GOETSCHY , rue Louis-le-Grand,

IMPRIMERIE DE E. N. GŒTSCHY.

www.ingramcontent.com/pod-product-compliance
Lightning Source LLC
Chambersburg PA
CBHW061532170626
46811CB00004B/1931